Gangster

Mieux vaut prévenir que périr

Catalogage avant publication de Bibliothèque et Archives nationales du Québec et Bibliothèque et Archives Canada

Mercier, Johanne

Gangster

Sommaire : 2. Mieux vaut prévenir que périr.
Pour les jeunes de 9 ans et plus.

ISBN 978-2-89591-272-9 (vol. 2)

I. Goulet, Denis, 1965- . II. Mercier, Johanne. Mieux vaut prévenir que périr. III. Titre.

PS8576.E687G36 2015   jC843'.54   C2015-940726-5

PS9576.E687G36 2015

Tous droits réservés
Dépôts légaux : 2ᵉ trimestre 2016
Bibliothèque nationale du Québec
Bibliothèque nationale du Canada
ISBN 978-2-89591-272-9

Illustrations : Denis Goulet
Conception graphique et mise en pages : Amélie Côté
Révision et correction : Bla bla rédaction

© 2016 Les éditions FouLire inc.
4339, rue des Bécassines
Québec (Québec) G1G 1V5
CANADA
Téléphone : 418 628-4029
Sans frais depuis l'Amérique du Nord : 1 877 628-4029
Télécopie : 418 628-4801
info@foulire.com

Les éditions FouLire reconnaissent l'aide financière du gouvernement du Canada pour leurs activités d'édition.

Elles remercient la Société de développement des entreprises culturelles du Québec (SODEC) pour son aide à l'édition et à la promotion.

Elles remercient également le Conseil des arts du Canada de l'aide accordée à leur programme de publication.

Gouvernement du Québec – Programme de crédit d'impôt pour l'édition de livres – gestion SODEC.

Imprimé avec des encres végétales sur du papier dépourvu d'acide et de chlore et contenant 100 % de matières recyclées post-consommation.

FSC

IMPRIMÉ AU CANADA/PRINTED IN CANADA

Gangster

Mieux vaut prévenir que périr

Auteure : Johanne Mercier
Illustrateur : Denis Goulet

« *Le plus petit des félins est une œuvre d'art !* »

LÉONARD DE VINCI

« *Je suis d'accord avec Léonard de Vinci !* »

GANGSTER

Vous arrivez à un bien mauvais moment.

Je suis débordé. Mes missions se multiplient. Je n'arrête pas.

Vous voulez suivre les péripéties d'un vrai héros ? Apprendre de ses expériences ? En tirer quelques leçons ? Je comprends.

Mais je ne veux ni questions ni commentaires.

Pas de...

Ni de...

Nah !

Je vous aime bien, mais ce n'est pas tout.

J'ai du travail !

———

J e ne suis pas du genre frimeur, fraudeur, filou.

J'ai bien quelques petits défauts. Qui n'en a pas ? Je suis trop protecteur envers mes deux colocataires, par exemple. Trop bienveillant. Trop aventureux pendant mes missions nocturnes. Trop téméraire, sans doute.

Mais je suis un honnête chat. Sincère, fidèle, loyal et droit.

Cela dit...

Je vous ai menti tout à l'heure.

Je ne suis pas si débordé que ça. Personne ne m'a demandé de faire régner la paix dans les ruelles sombres et sinistres de Rio, de New York ou de Bangkok. Pas encore, du moins.

La vérité, c'est que j'ai des soucis en ce moment. Et ces soucis-ci sont sérieux.

Mon cauchemar a commencé le mois dernier. Une nuit, quelqu'un est venu frapper à la porte de notre appart... **BANG! BANG!**

BANG!

Ma coloc Élie a sursauté.

BANG!

BANG!

BANG!

J'ai tendu l'oreille.

BANG!

Pat a cessé de
jouer de la trompette.

BANG!

Il est allé ouvrir. C'était le propriétaire.

13

– **Je n'en peux pluuus !** il a hurlé.

– De… ? a demandé Pat, qui s'en doutait un peu.

– **Le vacarme !**

– Ah.

– **La trompette !**

– J'arrête. J'arrête…

– **Le chat !**

– Le chat ? Qu'est-ce qu'il a fait, le chat ?

– Rien de bon, justement.

– Mais, rien de mal non plus ?

– **Regardez les mousquetaires !**

– Vous voulez dire les moustiquaires…

– Vous avez 30 jours !

– Pour réparer les mousti…

– Pour quitter l'appartement !

– Hein ?

– Je vous avais prévenus !

Mes deux colocs étaient sous le choc. Et **moi** aussi. Un chat est responsable pour toujours de celui qui remplit son bol de croquettes. Élie et Pat ne pouvaient pas se retrouver sans toit ni **moi**.

Je devais agir. Déjouer les plans du vilain propriétaire. User de stratégies. C'était mon rôle !
Mon devoir ! Ma mission !

Mais, je n'ai rien trouvé.

Et ceux qui me connaissent vous le diront : si
Gangster ne trouve pas de solution, c'est qu'il
n'en existe aucune.

Heureusement, dans la vie, les problèmes peuvent parfois se résoudre sans qu'on ait besoin de faire quoi que ce soit.

C'est ce qu'on appelle **la chance**.

Attention, petits garnements paresseux ! Gangster ne proclame pas que les solutions tombent toujours du ciel !

Rappelez-vous plutôt les sages paroles qui suivent :

« LA CHANCE N'EST PAS UN TRUC FIABLE. »

GANGSTER

Mais, cette fois, tout s'est bien terminé. Le propriétaire a vendu l'immeuble. Il est déménagé. Et nous sommes restés.

Fin du cauchemar ? Fin du drame ? Ce serait trop beau...

Qui vient d'emménager dans notre immeuble ?

UN NOUVEAU PROPRIÉTAIRE !

C'est une conspiration! Les proprios vendent leurs maisons entre eux! Impossible de s'en défaire. Pire! Cet après-midi, monsieur vient nous visiter.

Pourquoi? Mystère.

Que peut-il nous reprocher?
Rien.

Pat a rangé sa trom-pette. (Remarquez, personne ne s'en plaint. Les solos de trompette, à la longue, ça use.)

Les moustiquaires sont réparées.

Tout est calme ici, même la nuit.

Alors, quel est le problème ? Quelle est la source du problème ?

Posons la question autrement, mes amis : **QUI** est le problème ?

Réponse : **LE CHAT !**

Élémentaire, il ne reste que **moi**.

Ce nouveau propriétaire ne veut sûrement pas de **moi** dans son immeuble. Il vient pour discuter de **moi**. Prendre des mesures pour se débarrasser de **moi** !

MOI ! MOI ! MOI !

MOI !

Mais ne tremblez pas. Je sais me défendre. Ce n'est pas la première fois que la survie de **Gangster** est menacée. Au fil des ans, j'ai développé quelques tactiques.

Si jamais les choses tournent mal, cet après-midi, j'appliquerai la bonne vieille règle des quatre du *cat*.

Sortez vos calepins et prenez des notes, ici. Cette technique d'autodéfense peut vous sauver du danger en tout temps. Dans la jungle, en classe, dans le désert, sous la pluie, sur la lune, n'importe où ! Si vous sentez que la moindre menace plane sur vous, voici ce qu'il faut faire :

1. Restez immobile et fixez l'ennemi en donnant l'impression que vous échafaudez un plan solide et brillant (peu importe si vous avez un plan ou pas).

2. Si l'ennemi résiste et qu'il avance vers vous malgré tout, adoptez vite une position d'attaque : dos rond et poil hérissé. Poussez quelques feulements. Ça impressionne toujours.

3. Sortez les griffes et montrez les crocs.

4. En cas d'échec aux points 1, 2 et 3, trouvez une moustiquaire, grimpez très haut et agrippez-vous solidement !

Voilà.

Ne me remerciez pas. C'est tout naturel pour **moi** de vous aider. Quatre mots à mémoriser donc en cas de danger.

Lesquels?

Immobilité,

attaque,

griffes,

moustiquaires.

Maintenant, assoyez-vous confortablement. Sortez les croustilles et observez!

L'affrontement va commencer dans... Cinq... Quatre... Trois... Deux... Un...

C'est parti!

Il s'appelle Georges.

C'est du moins ce qu'il affirme, mais ça reste à prouver. Croire tout ce qu'on vous raconte est un réflexe de détective débutant.

Mes deux colocs se présentent. **MOI**, je me pousse. Loin. Ce n'est pas de la peur. C'est de la stratégie. Nuance importante.

L'intrus est bavard et visiblement de bonne humeur. J'ai ma théorie. Si un individu costaud, chic et poli débarque chez vous en souriant, soit il vous cache quelque chose de louche, soit il a un truc à vendre.

Le nouveau propriétaire n'a rien à vendre. Tirez vos propres conclusions...

Georges passe au salon et choisit le fauteuil le plus confortable. Ce qui dénote un sans-gêne peu commun.

Ils boivent un café, discutent de tout et de rien, mais pas un mot sur **moi**.

Ça viendra. Je le sais.

Vous pensez que je me fais du souci inutilement ? Peut-être... Mais face à l'inconnu, ma devise reste toujours la même :

« MIEUX VAUT PRÉVENIR QUE PÉRIR ! »

GANGSTER

J'écoute leur conversation.

Il n'est pas encore question de **moi**...

Ils évitent le sujet. Mon stress monte d'un cran.

Élie finit par confier à Georges qu'ils ont un sérieux problème de robinet qui fuit. Entre nous, je préfère qu'ils discutent du robinet qui fuit que du gros minet qui nuit.

Ha ! ha ! ha ! ha ! ha !

Ha ! ha ! ha ! ha !

Ha ! ha !

Haaaaaaaaaaaa...

Ça fait du bien de rire.

Cela dit, je ne suis pas gros.

Oh ! Attention ! Danger !

Georges vient de poser un œil furtif sur le sac de litière, laissé négligemment dans le coin gauche du salon. Ses sourcils se soulèvent.

Quelque chose me dit qu'il va parler de **moi**...

– Vous avez un chat ?

Et vlan !

Mon sens de la déduction doit vous impressionner, non ?

J'ai du métier.

Les deux clans se toisent. Élie hésite. Pat bafouille.

– J'adore les chats, annonce tout bonnement le proprio.

Ça sonne faux. Ne baissons pas la garde.

Monsieur en remet. Il affirme qu'il a toujours eu des chats. Qu'il ne pourrait pas vivre sans chat et qu'il a même un...

chat !

La nouvelle est inespérée.

Un deuxième chat dans l'immeuble! Un ami. Un frère. Un complice! Un partenaire avec qui je ferai mes tournées nocturnes dans la ruelle, peut-être. Je lui apprendrai tout sur le métier de justicier de nuit. Il faut bien assurer la relève...

Mes colocs respirent mieux. **MOI** aussi.

— Nos chats deviendront peut-être copains, laisse tomber Élie.

Le proprio n'a pas l'air sûr.

— Vous laissez sortir votre chat ?

— Il rôde un peu, la nuit, répond Pat. Jamais bien loin. C'est un chat plutôt pataud.

D'abord, je ne suis pas pataud, Pat ! Et la nuit, je ne rôde pas, je travaille ! Je suis en mission. Je suis le redoutable **Gangster** qui fait régner la paix dans ta ruelle ! Un peu de reconnaissance serait appréciée !

Le proprio est déjà moins souriant. Il poursuit son enquête à propos de **moi**...

– Il porte une médaille, votre chat ? Un collier ? Une micropuce qui vous informe de ses allées et venues, la nuit ?

– Une micro quoi ? s'étonne Élie.

J'ai déjà attrapé quelques puces, si ça peut te rassurer, Georges.

– Les chats qui font des rondes nocturnes sont souvent impliqués dans de terribles bagarres. Ils peuvent revenir tellement amochés...

Ce sont les risques du métier, mon Georgio.

— Il est vacciné, au moins ?

— Oui, oui…

Et j'ai vécu ces moments de supplice avec courage et dignité.

— Chose certaine, je ne laisserai **JAMAIS** vagabonder ma petite Carmen, soupire Georges.

Carmen ? Une copine, alors ! Je devine ta solitude, Carmen qui ne sort jamais. Tiens bon ! Je suis là ! Avec **Gangster**, ton quotidien se transformera en aventure !

– Faut dire que Carmen est un peu « spéciale », ajoute le proprio.

– Un chat, c'est un chat ! affirme Pat, qui ne connaît rien à rien.

– Ma Carmen, c'est une sorte de superhéros.

Superhéros ?

Il a bien dit *superhéros* ?

Un instant, Georges! On ne se lève pas un matin en criant : « Mon chat est un superhéros! » C'est un titre qui se mérite! Il faut des actions, du concret, du courage de la part du chat.

Cette Carmen, qui n'a jamais mis le museau dehors, a-t-elle posé le moindre geste pour recevoir cet honneur?

Fait-elle, comme **moi**, par exemple, la tournée de la ruelle, chaque nuit, beau temps mauvais temps, pour éloigner les fripouilles?

Carmen est-elle exceptionnelle? Indispensable?

– Carmen m'a sauvé la vie, l'année dernière...

Ah...

Oui.

Sauver la vie de quelqu'un, c'est très bien aussi.

———

C'est à peine croyable !

Georges a fait l'éloge de Carmen tout l'après-midi. Je vous résume son récit. Estimez-vous chanceux d'avoir la version courte.

L'automne dernier, un minuscule incendie a pris naissance dans la boîte de fusibles, chez Georges.

(Ce sont des choses qui arrivent.)

La chatte Carmen s'est postée devant l'armoire où commençaient à apparaître les flammes. Elle a poussé de petits miaulements plaintifs.

(Ce que tout bon chat aurait fait en pareilles circonstances. On est bien loin ici du superhéros annoncé.)

Intrigué, Georges a ouvert l'armoire.

(Ce qu'il aurait fini par faire de toute façon.)

Et Georges a éteint le début d'incendie avec son extincteur.

C'EST TOUT !

C'est ce que Georges appelle « un grand geste héroïque » de la part de son chat! Depuis le minuscule début d'incendie, Carmen n'a plus jamais rien fait, mais Georges lui voue un culte sans nom. Il ne voyage jamais sans elle. Il lui ramène une petite surprise de la pâtisserie tous les jours. Il lui chante même des berceuses pour l'endormir.

Carmen a droit au traitement royal, de luxe, cinq étoiles!

Et je vais vous dire, je trouve que c'est très bien.

Très, très bien.

C'est extraordinaire de savoir qu'un chat est ainsi choyé par ses maîtres.

Je connais deux colocs qui devraient prendre exemple sur ce formidable Georges... Mais bon, à chacun son destin, je suppose. Le mien est plus périlleux. Moins moelleux, disons...

La bonne nouvelle pour **moi**, c'est que ce nouveau propriétaire aime réellement les chats. Personne ne me jettera à la rue. Je n'ai plus rien à craindre. Je peux enfin me détendre.

Assez parlé ! Au travail, **Gangster** ! Un nouveau défi t'attend dans la ruelle sombre et sinistre.

Jusqu'à aujourd'hui, j'ai été chanceux, c'est vrai. Je n'ai jamais eu à risquer ma vie. Je n'ai jamais été impliqué dans une bagarre. Je n'ai rencontré aucun obstacle, aucun ennui, aucun ennemi.

Mais, on ne sait jamais sur quelle crapule on peut tomber ! Qui peut prédire quand la ruelle deviendra le lieu de rencontre des pires malfrats ?

Ni vous, ni **moi**, et encore moins les malfrats.

J'y vais !

Il pleut à boire debout, je couve un petit rhume, je frissonne, les coussinets de mes pattes sont tout glacés, mais rien n'arrête jamais un héros.

Vous admirez le courage, n'est-ce pas ?

Maintenant, si on allait jeter un œil chez cette mythique Carmen, histoire de mettre un minois sur ce minet...

Voir sans être vu... la règle de base de tout espion.

La voilà !

Une chatte d'Espagne… Plutôt jolie… Démarche élégante. Mélange de grâce, de douceur et de nonchalance. J'aime bien.

Si tu m'aimes, Carmen,
Tu pourras,
tout à l'heure,
être fière de moi !

Acte 4, scène 3 de l'opéra *Carmen*. Non, ces paroles ne sont pas de **moi**. Elles sont de Bizet. Attention. Ne pas confondre Bizet et Minet ! Ha ! ha ! ha ! Remarquez, j'aurais très bien pu l'écrire, cet opéra. Tout à fait dans mes cordes.

Revenons à cette Carmen...

Nous ferons connaissance bientôt...

Hé ho !

Attention, petits romantiques indomptables !

**N'allez surtout pas voir ici l'aube d'une
éventuelle amourette entre Carmen et moi !**

Gangster n'aime pas l'amour !

Je devrais plutôt dire :

Gangster n'aime PLUS l'amour...

Le départ de Bobchatte avec Kat le King a givré mon âme et cadenassé mon cœur à jamais. J'ai beau être fort, déterminé, brillant et lucide, en amour, je perds tous mes moyens. Je n'ai plus d'armure.

Avant Bobchatte, il y a eu Garence, cruelle, farouche, indomptable.

Et cette Mathilde qui n'est jamais revenue...

Je rêve ou Georges sert à Carmen un plateau de crevettes FRAÎCHES ?

Il lui apporte un gros coussin moelleux !

Un doudou !

Une montagne de crème fouettée !

Et moi ?

Il est où,

mon traitement royal,

de luxe,

cinq étoiles ?

Je ne suis pas jaloux. Comme le prouve l'équation suivante :

Tous les jaloux sont des faibles.

Gangster n'est pas un faible.

Donc, Gangster n'est pas jaloux.

Mais abordons la question d'un point de vue strictement mathématique. Si une chatte comme Carmen, qui n'accomplit aucun acte de bravoure, reçoit un traitement royal, de luxe, cinq étoiles, imaginez un peu ce que **Gangster** est en droit d'exiger !

C'est faramineux !

Je sais ce qu'il me reste à faire...

Élie et Pat doivent comprendre non seulement qu'ils ont la chance de partager leur vie avec un héros, mais surtout que ce héros mérite de la reconnaissance et des crevettes fraîches !

———

Humblement, je suis un surdoué.

Tout est déjà en place. Ma stratégie mettra en valeur mes exploits de héros auprès de mes colocs. C'est tout simple, mais franchement génial.

Première partie du plan : provoquer une grande peur.

Deuxième partie du plan : agir en sauveur.

QUI viendra au secours d'Élie et de Pat ?

QUI leur sauvera la vie ?

QUI sera le grand héros ?

Tadaaaaaaaaaaaaaaaaaam !

Ça sent déjà les petites crevettes fraîches pour **Gangster**, les amis! À **moi** la bisque de homard fumante et le traitement royal, de luxe, cinq étoiles méga confort ultra moelleux!

Oups!

Chuuut!

Pas un mot!

Élie et Pat arrivent au salon...

Je ne bronche pas. Je n'ai plus qu'à attendre.

J'ai peut-être l'air détendu, comme ça, mais détrompez-vous! Mon petit cœur fait boum ti, boum pa, ti boum, ti boum, boum ti, boum pa, ti boum, pa boum, b... Bon, bref, c'est atroce, un stress de chat.

Élie s'assoit et lit pendant que Pat pitonne.

Ils ne lèvent pas la tête. C'est ennuyeux.

Combien de temps leur faudra-t-il avant de constater qu'un drame se trame dans leur salon?

Je suis patient.

Je ne brusquerai rien.

...

...

...

C'est long, quand même...

Pat ?

Élie ?

On regarde un peu autour, svp ?

– Aaaaark eeee ! Éliiiiiiie !

Ben voilà ! Enfin une petite réaction !

Rassurez-vous, je suis là. J'interviendrai au bon moment. Ils n'ont rien à craindre. Je contrôle tout.

Pardonne-moi, pour la suite des évènements, petite Élie, mais je le fais pour mon bien.

– Viens voir, Éliiie...

Pat est tétanisé. Élie se lève. Elle avance. Elle est courageuse, la petite...

– Une chauve-souris ? Qu'est-ce qu'une chauve-souris fait dans notre appart ?

– Reste calme, Élie. Respire...

– Je suis calme, Pat.

– Dirige-toi vers la sortie sans faire de mouvements brusques. Suis-moi...

– Hein?

– On quitte l'appart, Élie! On engagera une firme d'exterminateurs spécialistes en fumigation. Pas question d'y toucher!

– Voyons, Pat. C'est juste une petite chauve-souris...

– Ça mord, ça colle aux cheveux, ça donne la rage, ça tue!

— Va chercher le balai, je m'en occupe, Pat.

— Tu penses vraiment pouvoir éliminer un vampire avec un balai ?

C'est rare, mais cette fois, Pat a raison. La situation exige l'intervention d'un expert ! Pour ce genre de travail, il faut un héros de qualité supérieure ! C'est le moment pour **moi** d'entrer en jeu. Mon heure de gloire est arrivée.

Admirez la scène et l'instant d'émotion qui suivra.

Super exterminateur est là !

Alors ? Pat ? Élie ?

On est impressionnés par la performance ?

On manque de mots ?

On se demande si on va cuisiner la bisque de fruits de mer ou le foie de veau rôti avec bacon pour **Gangster** ?

– Hooon ! Merci, mon gros tit minou poupou ! Tu nous as sauvé la vie ! T'es trop gentil !

Ouais...

– Qu'est-ce que tu lui dis, Élie ?

– Je le félicite ! Il a chassé la grosse chauve-souris pour nous, Pat. C'est un héros !

Tu ne peux pas nier les faits, mon petit Pat...

— Mais, c'est **LUI**, le coupable, Élie! Ton chat nous ramène depuis des mois des souris sales, des moineaux morts, des écureuils pas de poils. Aujourd'hui, il rapplique avec une chauve-souris mortelle et tu l'encourages?

— C'est un **CHAT**, Pat. Il peut pas savoir, lui, que tu as horreur des chauves-souris...

Erreur! Le chat sait tout. **Hé, hé, hé!**

– Chaque fois qu'il nous ramène de petites bêtes, c'est un cadeau qu'il nous fait. Il écoute son instinct de prédateur! On n'y peut rien.

Ce n'est pas faux ce qu'elle dit.

C'est même logique, sensé, rationnel et scientifique! Mais, avec cette théorie de proie, de prédateur et de cadeau, je n'ai plus le mérite d'être un héros qui vient de leur sauver la vie.

– N'empêche qu'on a un sérieux problème, Élie. Si le nouveau propriétaire voit rentrer ton chat avec de la vermine, on est finis. Il va nous jeter dehors.

– T'inquiète pas, Georges adore les chats.

– Pas les chats qui rôdent la nuit. Il l'a très bien expliqué.

– Qu'est-ce que tu suggères?

— Je vois juste une solution…

— Terminées, tes petites escapades, vieux matou !
Finies, les sorties ! Tu restes à la maison maintenant. On ne veut pas d'ennui avec le proprio ! On
ne veut pas de vermine ! On veut la **PAIX** !

C'est très humiliant pour un héros d'être si injustement puni. Je ne mérite pas ce châtiment cruel.

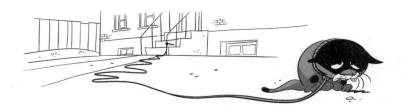

C'est ma première sortie depuis une semaine. Sept jours d'incarcération. On m'a privé de tout contact avec la vie extérieure. **Moi** qui n'avais encore jamais connu ni laisse, ni corde, ni lien.

Je deviens fou.

J'évite de penser à la bande de truands qui se sont sans doute installés dans la ruelle. Sans ma ronde de nuit, ce lieu deviendra vite le nid de la racaille. Mon impuissance me tue. Pour le bien de ma communauté, je dois trouver une façon de m'en sortir.

Réfléchis, **Gangster**... Tu n'es quand même pas le premier détenu à vouloir t'évader.

Et cette Carmen dans la fenêtre qui m'épie sans répit...

Elle m'énerve! À tout prendre, j'aimerais mieux être seul, moche et abandonné dans une bouche d'égout puante que d'avoir à subir le regard sarcastique de Carmen et... ces arômes de barbecue.

Sur la grille frétille un poulet pour Élie, Pat et Georges.

Et une darne de saumon pour **CARMEN**!

Moi?

J'aurai droit à ma ration de moulée mollasse et à un bol d'eau tiède.

Élie et Pat papotent avec le proprio dans la maison. On m'a laissé seul avec le barbecue. Seul avec ces effluves de poisson grillé et de poulet rôti à faire damner n'importe quel félin.

Seul avec...

Tiens ? On dirait bien que je ne suis plus seul...

Un homme vient de faire irruption dans la cour. Une tronche de voleur... Le kidnappeur de barbecue classique! Il a flairé le souper. Il veut nous le piquer. Je le comprends. Ces grillades transformeraient n'importe quel honnête citoyen en voleur de barbecue. C'est ce que je ferais aussi, si j'en avais la chance, mais mon dossier criminel est déjà passablement rempli. Et puis, cette stupide corde complique mes projets.

Chose certaine, je ne laisserai personne partir avec le repas! Je connais parfaitement les intentions de l'homme. Il s'approchera lentement du barbecue, soulèvera le couvercle et filera incognito avec les grillades.

Heureusement, **Gangster** veille ! Je vais contre-carrer ses plans.

Est-ce que Carmen observe la scène par la fenêtre ?

Si tu m'aimes, Carmen,
Tu pourras,
tout à l'heure,
être fière de moi !

Ça suffit, l'opéra, **Gangster**! Ce n'est vraiment pas le moment de chanter! Prends une position d'attaque! Sors les griffes!

Agis en héros!

Je suis le terrible **Gangster**. Je fixe ma proie tel un tigre qui a connu le goût du sang et qui ne peut plus s'en passer.

Carmen me regarde toujours ?

Ouais. Parfait, ça.

Qu'est-ce que je disais ? Ah oui !

Je suis un méchant félin féroce. Le fauve des fauves. Le dur des durs. Le voleur de barbecue me craint tellement qu'il n'ose plus avancer.

Je pousse quelques feulements en plongeant mes yeux de fauve dans ses yeux de brigand. Ne t'avise pas d'approcher, grand cambrioleur de petit poulet!

Il stoppe. Il avale. Il recule.

– GEORGES!

Oups!

Ça, ce n'était pas prévu. Le voleur connaît le nom du propriétaire...

Georges se précipite dehors. Élie et Pat accourent, eux aussi.

— Un peu intense, ton chat, Georges! lui dit le brigand.

— C'est le nôtre! se vante Élie. Qu'est-ce que tu fais sur le barbecue, espèce de gourmand? Descends tout de suite!

Je protège votre souper ! C'est un acte de bravoure. Même qu'un petit merci serait le bienvenu !

Personne ne reconnaît mes bonnes actions, ici ! Personne ne se préoccupe jamais de mes états d'âme ! J'ai un petit cœur, **moi** aussi...

— On dirait vraiment qu'il a besoin d'attention ces derniers temps, notre chat..., marmonne Élie.

Rectification : je n'ai pas **besoin** d'attention ! Je **MÉRITE** plus d'attention ! Dans l'Égypte ancienne, seules les familles royales pouvaient avoir un chat, Élie. Ça explique tout... Mes ancêtres ont grandi dans l'abondance d'un palais doré et **moi**, je me retrouve ici avec trois croquettes et un bol d'eau.

Ce n'est pas une vie !

— Tu vas souper avec nous, Ben ? Poulet cajun au menu.

— J'ai une séance photo dans 15 minutes. Je passais pour voir ton chat...

— Benoît est photographe, annonce le proprio à mes colocs.

— Photographe animalier ! précise le piqueur de poulet.

— Wow ! s'emballe déjà Élie. Photographe pour des reportages ? Des safaris ? Dans la jungle ? Dans la brousse ?

— Je travaille sur un gros projet de félins, ces temps-ci...

— Benoît monte un calendrier de chats, souligne Georges.

— Pour financer mon safari en Afrique! ajoute Ben.

— Je vais chercher Carmen! lance le proprio. Attends de la voir! Tu vas l'adorer! Elle est parfaite.

Un calendrier de chats... Quelle idée saugrenue! Les chats n'ont pas besoin de calendrier.

Le photographe observe Carmen qui regarde ailleurs...

— Racée, sauvage, unique...

— Je savais que tu l'aimerais, Ben.

— Elle est docile ?

— Un ange !

— Elle a déjà fait des séances photo ?

— Jamais trop tard pour commencer une carrière !

— Génial ! Je reviens demain, très tôt ! Le patron attend le calendrier. Je suis déjà en retard. Les chats parfaits ne courent pas les rues...

Les chats parfaits courent les ruelles, mon Benoît !

— S'il vous manque un chat parfait pour votre calendrier, vous pouvez toujours photographier le nôtre.

Nooooon, Élie! Qu'est-ce que tu racontes? Pas **moi**! JE NE VEUX PAS VOIR MA PHOTO DANS UN CALENDRIER DE CHATS! J'ai ma fierté! J'ai d'autres ambitions!

— **LUI?**

— Ouais.

— Jamais de la vie!

– Pourquoi ? se désole Élie.

– Parce que votre chat ne m'aime pas.

– Impossible. Il aime tout le monde. C'est le matou le plus gentil de la terre.

– Il voulait me sauter dessus quand je suis arrivé !

Élie rigole, Pat aussi.

Quand je vous dis qu'on ne prend jamais mon travail au sérieux.

C'est déprimant.

— Désolé, mais en tant qu'artiste, j'ai besoin que ça clique au premier coup d'œil avec mes modèles. Entre votre chat et moi, le courant ne passe pas.

Faut que ça clique, faut que ça clique...

Attends de croiser un guépard royal aux griffes non rétractiles, en Afrique, mon Benoît. Pas sûr que ça va cliquer au premier coup d'œil entre vous deux.

La séance de photos pour le calendrier vient de commencer.

Ils ont décidé de s'installer chez **moi** ! Dans mon salon ! Sur mes divans ! Sous mes yeux ! Le photographe préférait la lumière dans notre appart, ce matin. Je n'aime pas qu'on bouscule ma routine. Je donnerais tout pour être ailleurs. Le photographe n'est jamais satisfait. Infernal brouhaha...

– Regarde ici, Carmen ! ICI ! Minouminouminou... ICI !

Clic!

– L'autre chat est encore passé derrière ! Minouminou... regarde ici !

Clic!

– Aaaaaaaaaaargh ! On la refait rapidement !

– Minouminouminou... Minouminouminou...

Clic!

– Sortez-moi l'autre chat! Impossible de travailler avec lui! Ah! C'est pas vrai! Qu'est-ce qu'elle fait, ta Carmen? Elle dort? Elle a perdu connaissance? Elle est morte ou quoi?

– Elle est fatiguée, Ben... Elle n'en peut plus.

— Bra-vo ! Son poil est tout aplati ! Faut lui mettre du gel, une mousse, un fixatif, quelque chose !

— Pas de fixatif ! Je la connais. Elle aimera pas...

— Pas le choix !

— Pas de gel non plus !

— Regarde-la ! On dirait une vieille vadrouille, une vieille vadrouille finie...

— Attends... Est-ce que tu viens de dire que ma Carmen a l'air d'une vieille vadrouille finie, Benoît ?

— Passe-moi le fixatif !

— Non, Ben.

— Oui !

— Non.

– Qu'est-ce que vous attendez pour mettre ce stupide chat dehors ?

Silence.

Élie n'apprécie pas du tout la remarque. C'est Pat qui réagit le premier.

– Viens avec moi, gros matou fauteur de troubles. Va prendre l'air un peu...

VICTOIRE !

C'est ce que je voulais ! J'ai réussi ! Quand vous nuisez, on finit toujours par vous mettre dehors ! C'est bien connu.

À **moi** la liberté !

– Tu ne ramènes pas de vermine, compris ?

QUELLE joie ! Je retrouve enfin ma véritable nature de chat sauvage.

Ce qu'il y a de formidable, avec **moi**, c'est que je sais toujours tirer d'importantes leçons de mes expériences.

Pendant ma longue et cruelle période de détention dans l'appart, j'ai eu tout le temps de réfléchir au sens que je voulais donner à mon existence. Au fond, la mission de **Gangster** est de faire le bien, sans faire de bruit.

Et comme je l'ai toujours dit :

« CELUI QUI CLAME HAUT ET FORT QU'IL EST UN HÉROS L'EST DÉJÀ MOINS. »

Je me balade vibrisses au vent, pendant que la pauvre Carmen croule sous le poids de la pression. Aujourd'hui, elle connaîtra gloire et crevettes, c'est vrai, mais à quel prix ?

Alors que **moi**, je profite tranquillement de la...

Hé ?

Qu'est-ce que... ?

Qu'est-ce qui se passe ?

Qui est là ?

On me kidnappe ou quoi ?

AU SECOUOUOURS !

On enlève le grand Gangster !

Le justicier de la ruelle !

Aidez-moi !

Stoppez cet ignoble individu

sans scrupules !

— Arrête de te débattre comme ça, gros nono !

Pat ?

C'est toi ?

Pat me kidnappe...

Il m'a laissé sortir. Il m'a suivi. Il profite de ce moment où tout le monde est occupé pour se débarrasser de **moi** en douce.

Où est passée ma méfiance légendaire de félin fin finaud ?

Pat ne m'a jamais vraiment aimé à cause de son allergie aux poils de chat. Le coup de la chauve-souris n'a sûrement pas aidé ma cause...

Que va-t-il faire de **moi**, maintenant ?

Immobilité, attaque, griffes, moustiquaires ne me sont d'aucun secours...

J'ai été eu.

Je promets de ne plus faire mes griffes sur ton sofa, Pat. Je serai toujours un gentil chat ! Je peux même changer ma litière !

— Rentre tes griffes, andouille ! Tu déchires mon chandail.

Donne-moi une dernière chance !

— As-tu peur de moi ou quoi ?

Un mois plus tard...

C'est leur idée! Pas la mienne.

Carmen a craqué. Elle a piqué une crise de nerfs terrible, paraît-il. Il leur fallait un chat solide, costaud, musclé, brillant, athlétique, intrépide, créatif, puissant, fonceur, dynamique, charismatique, talentueux et sans gêne pour remplacer la demoiselle.

Ils n'ont pas eu à chercher bien loin...

C'est tout **moi**.

J'ai finalement accepté de collaborer à ce calendrier de superhéros félins pour sortir Benoît du pétrin. Vous me connaissez? Je suis toujours prêt à rendre service.

Vous trouvez que c'est beaucoup de gloire pour un héros de l'ombre?

Je sais.

Mais souvenez-vous que c'est aussi ce que vivaient mes ancêtres...

Les chats sont vénérés. Que voulez-vous ? C'est dans notre bagage génétique. Et puis, on ne contrôle pas tout.

Même quand on s'appelle...

Gangster !

Gangster

Johanne Mercier
Denis Goulet

1. Méfiez-vous de ceux qui n'aiment pas les chats
2. Mieux vaut prévenir que périr

———

Johanne Mercier a aussi publié aux éditions FouLire :

- Le Trio rigolo
- Le génie Brad
- Mes parents sont gentils mais... tellement paresseux !
- Zip, héros du cosmos
- La Bande des Quatre

MARQUIS

Québec, Canada

Achevé d'imprimer le 7 janvier 2016

RECYCLÉ
Papier fait à partir
de matériaux recyclés
FSC® C103567

Imprimé sur du papier Enviro 100% postconsommation
traité sans chlore, accrédité ÉcoLogo et fait à partir de biogaz.